KB083053

해변의 식사

시와소금 시인선 · 096

해변의 식사

유금숙 시집

시와소금

- 경상북도 영주에서 태어남.
- 2001년 《시와비평》 신인상 등단.
- 2007년 월간 시 전문지 《심상》 1월호 신인상 당선.
- 시집으로 『꿈 그 간이역에서』가 있음.
- 2004년 방송대문학상 당선.
- 2015년 강릉문학작가상 수상.
- 현재 강원문인협회, 강릉문인협회, 강원여성문학인회, 관동문학회 회원.
- 전자주소 : accasa@hanmail.net

시는 언제나
더딘 걸음으로 내게 왔다
그 더디게 오는 시마저
나는 온전히 잡지 못하고 번번이
놓쳐버리곤 했다

두 번째 시집을 세상에 내놓는 데
오랜 시간이 걸렸다

그러니까, 이 시집은
느린 걸음으로 내게 온 시를
겨우 붙잡아
한없이 무딘 손끝으로 써 내려간
해묵은 나의 일기장이다

2019년 초여름 강릉에서
유금숙

| 차례 |

| 시인의 말 |

제1부

제2부

제3부

제4부

작품해설 | 구재기

제 **1** 부

꿈꾸는 담벼락

청송아파트 담벼락에 아침 햇살 걸리면
노인들, 두런두런 좌판을 펼친다
정문 오른쪽 J은행은 오늘도 아침 일찍
꿈 빛 무지개를 문에 걸어 놓았다
건너편 희망약국의 진열대엔 활명수와 박카스가
막 사열을 끝낸 채 열을 맞추고 있다
온종일 방언들이 오가는 담벼락
물결처럼 흔들리던 시간들이 담벼락에
꼼꼼하게 기록되는 오후 4시
꼬깃꼬깃한 지폐들을 일렬로 세운 거친 손들이
하나둘 J은행의 무지개문을 밀고 있다

휴대폰

터널을 빠져나오자
낮게 낮게 포복하던 안테나
허리를 꼿꼿하게 세우며 일제히
일어선다
어둠이 물러서자 습기도
사라졌다
수직의 가는 허리마다 무지개 뜨는
환한 오후

방금
먼 곳에서 그리운 소식 하나 도착했다

폭우

어슴푸레한
비의 노래를 들었다

터널에 갇힌 채
세상을 향한 모든 안테나를
잃어버린 저녁

어두운 방
벽 속에 숨어
산비탈에서 강둑에서
수직으로 일어서는 비의 함성을
들었다
낮게 엎드리는 풀의 비명을 들었다
시원으로 떠나는
강의 노래를
웅크린 어둠 속에서 들었다

오후

창틀 한구석 먼지 위에 앉아
아슬아슬 거미줄 그네를 타며
무성한 나무 반짝이는 잎사귀에 스며
누렇게 바랜 일기장 어느 한 페이지에 숨어
외딴집 장독대 위 느린 시간을 재며
식은 찻잔 속 묵언으로 가라앉아
흰 구름 위에 팔 괴고 누워
바람 한 자락에 생각 내맡긴 채 꾸벅꾸벅
졸고 있는

통리역에는 그녀가 있다

펼쳤던 나이테를 다시 접은 아이들은
머릿속에 잘 저장되어 있는 길을 따라 흩어졌다
먼 곳에서 누군가
지팡이를 흔들었다
요술처럼 초록빛 길들이
하나
둘
열리고 눈 깜짝할 사이
아이들을 태운 길이 푸른빛 속으로
사라져갔다
초록빛 길 속으로 들어가지 못한
길을 잃어버린 여자가
대합실 차가운 의자에 앉아
저문 시간을 쓸어내리며
고장 난 나침반을 들여다보고 있다

늪으로 떠난 그를 한사코 기억하며

통리역에는 그가 없다

절벽은 그들을 기억하지 못한다

마른 잎사귀처럼 시든 시선들이
둥글게 모여앉아
길이 누워 있는 어두운 절벽을
응시하고 있다
절벽,
어디쯤인가 파랗게 일어서는 불
흑백의 얼굴들이 불빛을 따라
하나, 둘
알 수 없는 방언들을 쏟아내곤
빠르게
먼 곳으로 날아가
산이 되고 들판이 되고
길이 된다

―그는 늪으로 떠났다고 했다

밤이 어둠 속에 숨어 있는 시간을 삼킨다
삼켜진 시간이 더 깊어진 어둠을 토해내는
통리역
역사 한 켠
절름발이 의자 모서리에 캄캄한 어둠이 앉아있다

늪으로 떠난 그를 한사코 기억하며

사랑비

파란 절벽 아래 누워 있는 기찻길에 수직으로 내린다
수직으로 내리다가 때때로 포물선을 그리기도 한다
추억처럼 낙엽 위에 켜켜이 쌓이기도 하고
바람에 안겨 빈 들판을 씽씽 달리기도 한다
새벽 한 시거나 두 시거나
인적 끊어진 가로등 아래 저 홀로 울며 내린다
막무가내로 안겨드는 회색빛 상념처럼 내리다가
이윽고 해묵은 사연을 지우듯 빗금을 그으며 내린다

깊은 꿈속에서, 누군가 빗줄기에 기대선 채
시간의 나이테에 갇혀 축축하게 쌓여 있는
어느 생의 연애사를 한사코 추억한다

봄날

여섯 개의 방으로 연결되어 있는
그곳 박물관은 링도너츠 같다
가끔 먼 곳에서 온 사람들은 나가는 길을
잃어버리고
박물관을 뱅뱅뱅 돈다
뱅뱅뱅 맴을 돌다가
어두운 구석에 구겨져 있는 내게 묻는다
밖으로 나가는 길이 어디요?
나는 얼른 몸을 펴고 일어나 그들의 손을 잡고
유리문을 밀고 밖으로 나온다

그리운 햇살 내리는 봄날의 뜨락으로

눈 오는 밤 · 1

저녁때 눈 내린다

눈이 데려온

아득한 이야기

숲의 갈피마다 새기느라

온 밤을 밝힌 낙엽들

손금이 하얗다

눈 오는 밤 · 2

저마다 다른 기억으로 뒤채던 밤이

흔들림 다 내려놓고 단잠에 들었다

나포리 다방

빨간등대가 있는 묵호등대
산꼭대기 바람의 언덕엔 나포리 다방이 있다
나포리 다방 마담 석경 씨는 내 친구다
그녀는 아침이면 나포리 다방의 창문을 모두 열고
구석구석 빈틈없이 가득하게 바다를 들여놓는다
그리곤 온종일 푸른 하늘과 푸른 바다의 시간을 재며
향기 나는 커피를 내리고 그윽한 국화차를 끓여낸다
반짝이는 햇살을 베고 푸른 바다에 떠 있는 나포리 다방은
밤이면 뜨락 가득 별이 내리고 가끔 먼 데서 온 손님들이
별빛 아래 별무늬 이불을 덥고 행복한 잠에 들기도 한다
저마다의 사연을 간직한 사람들이 바람으로
구름으로 머물다 가는
파란 지붕들이 섬처럼 떠 있는 바람의 언덕
그곳에 가면
나포리 다방이
푸른 하늘 아래 한 폭 풍경화로 걸려있다

7번 국도

새들 돌아간 오후
해시계 정수리에 동그랗게 몸 말고 앉으면
저 아래 잡힐 듯 다가서는 군부대
푸른 웃음들이 펼치는 농구공 놀이
선명하게 텅텅~
소리들 뭉게뭉게 날아오르다
귓속으로 줄지어 들어와 앉는
바닷가 7번 국도
무법자 트럭이 빨간 승용차의 꽁무니를 쫓고
흰 구름 가득 실은 봉고차 뒤를 따라 달려가고
고갯길 아슬아슬 휘어지다 한 폭 수채화 되는
맑은 햇살 길게 누운
바닷가 7번 국도

늦여름 소묘

월요일 초당 생가는 적막합니다
아침 일찍 영화관으로 떠난
왕년에 영화배우였다는 고택지기 아저씨도
초희와 균이라 불리던 남매의 옛 이야기를 되살리느라
온종일 기념관 벽을 추억으로 물들이는 바지런한 미순 씨도
도란도란 이야기들로 정겨운 찻집도
오늘은 모두 쉬는 날입니다
이 적막한 뜨락에서 백일홍은 더욱 열정적으로 꽃을 피워내고
능소화는 그리운 이의 발자국 소리를 들으려 귀를 나팔처럼 열고
온 힘을 다해 마지막 기다림을 피워 올리고 있습니다
그리고 저 적요한 뜰 한구석에선 상사화가
희미한 옛사랑의 기억을 꽃 갈피마다 새기고 있습니다
햇살 더운 툇마루에 앉아 꽃들의 이야기를 듣던 바람이
시름을 가만히 내려놓고 구름 속으로 숨어드는
꼭 가을 같은 여름 오후입니다

결혼기념일

수많은 날을
모래바람 부는 강변에서 보냈다
우리 사는 일이 그러하니…
물먹은 솜뭉치가 되어서 돌아오는
오오~즐거운 나의 집!

오늘은 결혼기념일
아득한 어느 봄날
나는 그리운 아버지의 손을 잡고
낯선 그의 땅으로 건너갔었네

시간의 순리를 따라
푸른 나무 두 그루 나에게로 왔고
그 나무들 자라 도시의 숲으로 떠나고
이제 나는 세상에서 가장 익숙한 사람과
가장 편안한 땅에 함께 있네

오오~ 즐거운 나의 집

먼 밤

세상으로 향하는 모든 길을 닫고
벽 안에 갇힌 밤
부유하던 생각들이 방황을 내려놓고 누웠다
고요에 기대 듣는 법·전·사·물…
곁을 스치며 멀어져가 어둑한 골짜기를 살피고
땅속을 두드리다
그윽하게 푸른 물길도 들여다보고
따스한 손길로 허공을 쓰다듬다 돌아와
심장을 한없이 두드리던 그 날 밤 그 노래
은하수 푸른 물길에 두고 온 먼먼 밤

이별 기억

사랑은 오후의 뭉게구름 같아
물 위를 떠가는 꽃잎 같기도 하지
때로 날 선 바람 같기도 해
이별의 기억은 왜 이렇게 생생하기만 할까
습관처럼 우편함을 열어보곤 해
텅 빈 우편함 속에서 쏟아져 나오는 건 언제나
그때 우리가 쏟아냈던 모난 말 조각들…
캄캄한 어둠 속에 웅크리고 있는
그 깨진 말 조각들을 꺼내 오래오래 다듬으면
둥글어질까 둥글어진 말들을
어느 맑은 오후 뭉게구름 위로 띄우면
너에게 가 닿을까
날아오르다 다시 어둠 속으로 숨어버릴까 겁이나

해묵은 추억들이 심장을 두드리며
오후를 건너가고 있어

에필로그

그들이 부지런해지자 마당이 다시 살아났다
꽃들이 봄을 피워 올리고 멀리 떠났던 새들이 돌아왔다
매화가 피고 살구꽃이 피었다
마당이 초록으로 물드는 이른 여름
그녀는 마당 한켠에서 살구를 주웠고
그는 더욱 부지런하게 마당을 가꾸었다
가으내 아이들은 종달새처럼 푸른 웃음들을
마당에 가득하게 펼쳐 놓곤 했다
그 겨울 마당은 흰 눈으로 만든 솜이불을 덥고
깊고 더운 잠을 잤다
—다시 몇 번의 계절이 지나갔다
길고 어두운 터널을 지나온 아이들이
해맑은 웃음을 날리며 푸른 마당으로 모여들었다

제 2 부

해변의 식사

바닷가 작은 식당에 홀로 앉아
푸른 하늘과 흰 구름과 초록빛 바다를 먹네
창틀에 걸린 수평선 물결 위로
나른한 햇살이 눕는데
우리가 함께 쌓아 올리던 금빛 신화들
햇살을 밟으며 서운하게 떠나가네
무지개 같은 오후가 수평선에 걸리네
당신의 시간이 손가락 틈새로 찰랑이고
내 발을 적시던 바다가 조금씩 멀어지고 있네
붉은 노을 속으로 우리가 쌓아 올리던
한 계절, 그대와 나의 소문 나도 좋을 시간이
아쉽게 사라지고 있네

해변의 연가

눈 내리는 겨울 바다를 깊게 그리워한 적이 있었다
이별의 언어들이 기록된
내 청춘의 몇 페이지는 온통 회색빛이었고
아침은 언제나 너무 멀리 있었다
벽 속에 갇혀있던 음울한 시간들을 일으켜
밤 기차에 숨어들던 그 밤

회색빛 도시를 탈출한 기차는 자주 연착을 했다
열 시간을 넘게 달려 어둑한 광장에 나를 내려놓고
기차는 다시 어둠 속으로 떠났다
그 새벽, 어둑신한 광장 어디쯤에서
가늘고 길게 울려 나오던
호텔 캘리포니아
역무원에게 캘리포니아 호텔이 어디쯤 있느냐고 나는 물었고
하품을 베어문 역무원의 표정은 잿빛 안개처럼 아련했다
모르는 길을 따라 해변을 향해 오래 걸었다
눈이 내렸다
바람의 연주에 맞춰 춤추며 내리던 눈, 희고 서럽던 눈…

흰 눈의 무늬 사이로 이글스가 노래를 입에 물고
광장을 가로질러 뒤를 따라오고 있었다

"But you can never leave*"

청춘이었다

* But you can never leave : 이글스의 노래 호텔 캘리포니아 가사 중 일부

흐르는 저 강물처럼

번호표 한 장을 들고 차례를 기다리네
동부지점 195라고 쓰여있네, 그러니까
차례는 아직도 머나먼 쏭바강
잡지를 뒤적이네
책갈피마다 납작하게 눌린 채 숨어 있던 광고들이
일제히 일어서며 키재기를 하네
눈빛을 빛내며 뽐내는 인공지능 밥솥과
눈이 마주치네, 눈이 내리네
아! 갑자기 심장을 강타하는 서늘함에
고지서들 일제히 낙엽 따라 가버린 사랑
교차로 신호등은 모두 빨간색으로 켜져있네
붉은 신호등이 나를 가로막네, 밀려오는 저 파도 소리
눈 속에 차를 박고 허둥지둥
뿌옇게 김 서린 조리대로 돌격! 돌격!
세계는 온통 잿빛 안개의 도가니
까맣게 타버린 시간들이 흘러가고 있네
흐르는 저 강물처럼

흰 구름

햇살과
비와 바람과 계절을 끊임없이 실어 나르더니
해당화 찔레꽃 마가렛 금낭화 초롱꽃
꽃 핀 고랑마다 하얀 꿈을 소복하게 내려 놓았다

우주

고3 수험생 아들은
가을에도 두터운 겨울 점퍼를 입고
학교엘 간다

시월 푸르디 푸른 하늘에
아이의 발자국이
지그재그로 길을 내고 있다

아이의 어깨에 우주가 실렸다

소통 불가

기찻길 건너 해변
여기는 어떤 세상인가요?
바다를 향해 던진 나의 우문에
갈매기 한 마리 모래 위에 알 수 없는 부호
꼭꼭 눌러 써놓고 수평선 너머
포말 속으로 숨어 버렸다
ㅅ ㅌ ㅂ ㄱ
거역할 수 없는 풍경 속에 갇힌 채
해가 기울도록 갈매기가 남긴 암호를 해독했다

저녁, 해독은 안 되고 그림자 산처럼 커지는데

하얗고 큰 지우개를 들고 수평선을 건너온 파도가
아직 다 읽어내지 못한 글씨를 쓱싹 지우고 달아났다

저녁놀 물든 바닷가 낡은 카페
바람벽에 기대 서 있던 흰 구름도 날아갔다

안개주의보 · 3

그날 나는
바닷가 카페 어두운 구석에 앉아
당신의 두 눈에 내리는 습기를 보고 있었죠
벽시계가 속도를 재며 가끔 울었지만
오후의 시간은 더디게만 흘러갔죠
기우뚱거리는 시간을 타고
귀퉁이 엘피판에서 흘러간 팝송들이 쉼 없이 흘러나왔죠
안개가, 해변에 정박한 작은 고깃배들을 다 집어삼키고
마침내 찻집의 창문을 두드릴 때까지
정물화처럼 앉아 울던 당신을 나는 아직 기억해요
오래도록 별걸 다 기억하는 건 순전히 안개 때문이죠
아무리 주의를 기울여도
낮게 엎드린 채 소리 없이 포복해오는 저 회색빛 진격군들을
나는 단 한 번도 이겨본 적이 없어요
안개 때문에 온몸이 다 사라져버린 적도 있었죠
흐린 눈에 비치는 세상이 불현듯 무게를 털어내네요
찻잔 속에 흐린 영상으로 가만히 내려앉는 오늘 저녁 안개도
오래 기억될까요

문밖으로

먼 데서 온 사람들이 자꾸 어딘가로 사라지네요

안개주의보 · 4

허공에 그물 곡선이 그려지다
잘게 잘게, 아득하게 부서진다

수척한 저녁
사위, 고요하다
먼 곳의 등대
불빛, 사라졌다
팔을 휘저을 때마다 우주의 한 귀퉁이
멀찌감치 사라졌다
돌아온다
지워진 길 위에서
무게를 견디지 못한 신경, 손을 든다
떠난다
가벼이, 가벼이 떠다니다
선창가 붉은 간판으로 기어오른다
빨랫줄 위로 올라가 눈부시게 웃는다
축축하게 젖은 조각들 일제히
공격을 개시한다

．

멀리서 사이렌이 울었다

보물찾기

솔숲 고목나무 틈새에 빛바랜 쪽지 한 장 숨어있네
숲 속 공터에서 저물도록 맴을 도는 너를 기다리다
누렇게 바랜 채 깨지 못한 꿈으로 남아있네
왁자한 소풍이 끝나고 선물에 안겨 집으로 돌아간
눈 맑은 아이들은, 어두운 숲 찬바람 부는 모퉁이에 서서
홀로 울고 있는 얼굴이 있었다는 걸 알지 못했네
별빛 아래 늙은 나무 빛바랜 꿈을 꺼내 나이테에 새기고 있네
나이테 속에 갇힌 꿈들이
동그라미를 그리며 초침처럼 빛나고 있네

목신 뻐꾸기 같은 여자 하나 벽 속에 있었네
인적 끊긴 바닷가 낡은 역사
까마득한 날을 삐걱대는 몸으로 시간을 실어 나르다
목이 길어진 여자는
기차는 저만 떠난 게 아니라는 걸 아는데
오랜 시간이 걸렸다네
아무리 찾아도 찾을 수 없는 보물이 있다는 걸 아는데
너무 오랜 시간이 걸렸다네

더 이상 뱉어낼 울음이 없는 뻐꾸기가 마침내
벽 속을 탈출해 숲으로 날아가고 있네

박물관 보고서

—고인돌 안에 여섯 개의 방이 있다

흰색의 백호 방에 백호는 없고 늙은 미륵불이 살고 있다
미륵불은, 온종일 두 손을 합장하고 소원을 비는 사람들을
먼 시선으로 그저 내려다보고만 있다
거북의 등껍질이 그려진 천정이 있는 검은색의 현무 방에는
청동 그릇들이 살고 있다
무수한 잡귀들을 막아내야 하는 사명감으로 평생을
대문을 지키던 청동 그릇은 이제 시퍼렇게 멍이 들었다
오솔길 옆 무덤에 영문도 모른 채 죽어간
왕의 여인들이 화석이 된 채 누워 있는 토기 방을 지나면
푸른 청룡 방에 청룡은 역시 없고 용이 되고 싶었던 물고기가
살고 있다
쏟아져 내리는 폭포수를 기어이 거슬러 올라가 용이 되어야
할 숙명
푸른 방엔 밤마다 물고기들 몸부림 소란하다
베틀과 돈궤와 가마솥이 함께 살고 있는 우리 방
밤마다 북에 한숨을 채우고 베를 짜던 여인을 기억하는

46

짚신과 나막신은 언제나 떠날 준비가 되어 있다

주작 방이라 불리는 붉은 방엔 얼굴도 모르는 사람과 첫날밤
을 보내고

흔들리는 가마에 실려 멀고 먼 길을 떠난 어느 여인의 한숨과

연인을 떠나보낸 붉은 닭 한 마리가 붉은 벼슬을 꼿꼿이 세
운 채

서성대고 있다

여섯 개의 방으로 이루어진 그 집은 세상 저쪽 피안에 있다

바람이 사는 집

탄수화물 반 공기
풀죽은 이파리 약간
바람난 무릎을 위해서
칼슘 96칼로리는 필수

바람만 떠다니는 집에선
오래오래 씹는 일만이 살아 있음의 징표죠
귓가에 앉아 내가 넘기는 소리들을
참을성 있게 들어주는 당신
부재의 늪에서 살고 있는 해묵은 나는
해묵은 나보다 더 오래된 기억들이 단연
위안이 되죠

가끔
목이 쉰 낡은 뻐꾸기시계가
옛집으로 돌아가는 꿈을 꾸죠
햇살 비낀 곳에 앉아
우주의 수레바퀴를 돌리는 무채색의 당신

오늘 당신의 목소리는 노을빛이네요

그날 나는 나이트클럽에 있었다

술병은 사람들 사이에서 울었다

어두운 거리에서
은빛 악사들이
시간 저편으로 구애를 펼치는 밤
사선의 빛들은 비처럼 날아다녔다
빛을 따라 먼 곳으로부터 온 사람들
무대 위에서 쌓아 올리던 그들만의 흰 꽃무덤
발목이 잘린 채 안개 속에서 부유하던
꽃 무덤가의 흰 나비 떼들
악보들의 행렬을 비껴 앉아 쓰러진 술병들을 세웠다
그들을 일으키다 쳐다보면 은하수 흘러가는 푸른 하늘
유성이 가져간 기억들을 떠올리며
그날 나는 나이트클럽에 있었고
술병들은 사람들 사이에서 밤새 울었다

막걸리 총량의 법칙

눈물만 총량의 법칙이 있는 게 아니야
술도 총량의 법칙이 있지
술독에 빠져 살던 남편이 기어이 먼저 하늘로 떠나고
그 술맛이 하도 궁금해 조금씩 마신 술이 어느새
눈 속까지 차올라서 눈 속에 강 하나 들어 앉았는데
차오르다 넘쳐 이젠 또 막무가내로 쏟아지려 해
조금씩 조금씩 쏟아내다 보니 술이 약해진 거라고
막걸리 한잔을 앞에 놓고 오래오래 들여다보며
혼잣말하던 여자는 밤이면
겨울밤 설해목처럼 울었다

늙은 집의 노래

고택지기 김 씨는
아침이면 너른 마당에 그림을 그린다
그의 큰 붓이 지나갈 때마다
마을로 향하는 몇 개의 오솔길이 나타났다
사라지곤 한다

별 내리는 밤, 아늑하게 발 닿던
돌 쌓인 갯가의 추억이 내게도 있지

오솔길을 걸어
마을로 떠나간 옛 발자국이,
늙은 집지기의 노래가
붓끝에 한사코 매달리다
화폭 구석 황톳빛 허공에 갇힌다

바람이 종일 허공을 흔들고 있다

노을이 어깨에 걸렸다

화폭에 가득 담겨있는 햇살을
툭툭 털어낸 그가
삐걱!
늙은 대문의 빗장을 지른다

겨울 공원

한 평 남짓한 그 방에선 시간이 더디게 간다

이른 아침 흰 눈을 뒤집어쓴 몇 대의
관광차가 다녀가고 나면
침묵이 퇴역선 안을 돌아다니며 느린 시간을 줍다가
뒤척이는 파도에 움찔
젖은기침을 내려놓곤 한다
산 아래 길게 누워 하루에도 몇 번씩
검은 기차를 통째로 삼키곤 하는 터널은
식욕이 너무 강한 것만 빼면 대체로 얌전하다
오후 햇살을 베고 졸다
알록달록 바다 그림이 그려진 열차가 들어오면
그 검은 입을 활짝 벌리고 웃기도 한다는 걸
아는 사람은 별로 없다
다만, 수평선에 기대선 퇴역함이 슬쩍
터널을 향해 눈웃음을 건넬 뿐

겨울 공원엔

더디게 시간이 가는 방 하나와
수평선에 기댄 채 가끔 몸을 뒤척이는 퇴역함과
길 건너편
산 밑에 엎드려 졸고 있는 긴 터널 하나가 있다

그 마당

나른한 햇살들 쉬어가는 그 마당엔
바람이 불 때마다 농약냄새가 났다
게으른 남자들은 꽃피는 초원을 포기한 채
봄날이 이슥토록 독한 약을 마당에 뿌려댔다
안개 자욱한 마당 안에서
살아 있는 모든 것들이 죽어갔다
부화의 날을 다 채우고도
온전한 모습이 될 수 없었던 어린 새끼들은
어미 곁에서 필사적으로 울음만 뱉어냈고
어쩌다 알에서 깨어난 부진아들은
목발을 짚고 오염된 사막을 건너다
뜨거운 햇살 아래 박제가 된 채 잠들었다
박제가 된 새끼의 주검
오늘도 그 마당엔 남으로 갈 수 없었던 어미의 울음
소리 가득하다

늙은 배

바다로 가는 길이 지워지고 있다
경계선이 지워진 길이 가물가물 춤을 춘다
춤사위 물결 너머 아득한 바다

그늘진 포구에
낡은 배 한 척 석양을 베고 누워있다

한평생 수평선과 눈 맞추던
늙은 어부
뱃전에 기댄 채 깊은 눈빛으로
손바닥을 들여다보며 청춘을 되새김질하고 있다

물결에 갈대처럼 흔들리며
다시 푸르게 나아갈 바다의 노래를
저 홀로 부르며
낡은 배 한 척, 바다를 향해 누워있다

제 **3** 부

해란강에서

— 길상이의 노래

너는
부서지는 안개 같아서
맨발로 땅을 구르기만 할 뿐
끝내 강을 건널 수는 없구나
봉순아
너는 아직 그 자리에 선 채
섬진강 푸른 물 안에 갇혀있느냐
간도 땅 마른 숲을 지나
서러운 강가에 서면
발 구르던 너
눈빛, 음성 쟁쟁하게 들려와
돌아서면
캄캄한 어둠
해란강엔 여윈 그리움 가득하구나

초희의 노래

가뭇하게 높은 담장 저편
불빛 흔들리는 별당에 홀로 앉아
서책 갈피마다 가없는 꿈 새겨 넣던
숱한 밤이 있었지
멀어져 가는 발자국을 세느라
파랗게 그믐달로 여위어도
담장 밖으로 훠이훠이 날고 싶은 꿈
접을 수 없어
매화 향기 잘게 부서져 구름 속으로 숨어들던
사월의 그 봄밤
바람에 손 잡혀 기어이 검은 강을 건넜지
가없는 그리움들
둥글게 접어 몸 안에 가두고
시린 바람을 따라나서던 그 밤
발끝에 감겨들던 차가운 회한의 시간들이
무릎 꿇고 울고 있었어

저기 초당 뜰 파랗게 적시던 그믐달이

울며
검은 레테의 강을 건너가고 있었지

파란 비

나는 구름을 좋아해서
가끔 구름 방으로 숨어들곤 해
밤새 구름에 안겨 하늘을 베고 바다에 누워
거대한 사막을 질주하는 꿈을 꾸곤 하지
이유 없이 심사가 날 때도 있는데 그럴 땐
먹장구름 위에 올라가 온몸을
마구 흔들어 대곤 해

재즈댄스의 리듬에 몸을 맡긴 채 춤추며 내리는 비

빗소리로 가득했던 여름
숲속의 풍경이 조금씩 멀어지고 있어
멀어진 만큼 다가서는 다른 계절
나는 오늘도 소리 없이 구름 속으로 스며들어
하늘과 구름과 바람이 모여 살고 있는 숲으로 가
가끔 토끼가 버리고 간 마른 똥이 길가에 뒹굴고
개미가 우주를 떠메고 더운 여름 한나절을 관통하는
푸른 숲으로

푸른 숲에는 오늘 파란 비가 내릴 예정이야

서희의 노래

낯선 하늘을 떠다니는
뭉게구름 같은 날입니다
기억의 빗장을 열고 그믐밤 어둠 펼치면
위태로운 그림자 하나 업고 대숲을 건너가는
캄캄한 바람 한 자락

어머니 그곳 구천의 하늘은 따스한가요
내 부재의 늪에선 언제나
서리 배인 열망이 들끓어요

열 손가락 꽃잎으로 피어
기다리는 밤
외씨버선발 자꾸 어둠에 지워지는데
강이 되어 누운 길
꽃 이파리 되어 길에 누운
어머니
뻐꾸기는 캄캄한 구름 속에서 낭자한 울음 우는데

어머니, 구천의 땅에서 지금 행복한가요

빈집 · 1

경포호숫가 솔숲에는 구름 문패를 단 작은 새집이 하나 있다. 연 전 수해 때 한몫 단단히 챙겨 대처로 떠난다는 소나무에게 잔가지 하나를 빌려 지은 그 집에 어느 날 늙은 참새 부부가 세 들었다. 나는 때때로 호수를 돌며 바람인 척 슬쩍슬쩍 참새 네 집을 엿보았는데 그들 부부는 이따금 수심 가득한 눈빛으로 작은 문에 얼굴을 내밀고 뻐꾸기시계처럼 울곤 했다. 안개가 사람들의 몸을 꾸역꾸역 잘라 먹는 날이나 자욱한 눈발이 앞서 떠난 발자국을 한사코 지워가는 날이면 낱알 몇 개, 슬쩍 문 앞에 가져다 놓으며 나는 안경 도수를 깊이 끌어 올리고 그들 시름의 우물 속을 함께 들여다보았다. 겨울이 사방의 벽에 화석으로 들어가 박히고 폭설이 쏟아져 바다로 가는 길이 막혔다는 풍문이 허공을 비행하다 텔레비전 화면 속으로 들어가 며칠째 머물렀다. 정갈한 식탁 귀퉁이마다 흑백의 글자들이 쌓였고 꿈길은 날로 흉흉해져 갔으며 무채색의 부음들이 온 집안을 떠돌아다녔다. 먼 나라에서 날아온 검은 엽서를 베고 눈을 뜬 채 주검으로 발견되었다는 그들의 부음이 언뜻 섞여든 것도 같았다. 그날 황혼의 아이들은 뻐꾸기울음 쏟아내던 쪽문을 걸어 나와 햇살이 되어 서쪽으로 날아갔다.

빈집 · 2

산 아래 고요히 앉아 있는 그 집이 겨우내 수상하다

지난여름, 집안을 온통 푸른 바람으로 물들이고
바람자락에 육자배기 한 소절 휘어지게 올려놓고
툇마루 한 곁을 베고 누워
"잊으리라 잊으리라~" 발장단을 맞추던
머리 희끗한 실루엣 하나 있었는데
비스듬히 누운 흙담에 기대 졸던
낡은 자전거 한 대 함께 있었는데
이 겨울 빈자리마다 적막한 어둠 가득하다
그 사람 자전거에 실려 겨울 숲으로 떠났는가
아니면 대처의 아들네로 살러갔는가
그도 아니면 우리 엄마처럼…
영영 돌아오지 못할 먼 길 떠났는가
떨어져 나간 문짝에 매달려 문풍지 외롭게 우는 밤
흰 눈이 사무치도록 내리는 걸 보니
오늘 밤 그 집 또 폭설에 갇히겠네

청량리역 시계탑

푸르고도 우울했던 시절 그곳은 숱한 사람들의 만남의 장소였다. 무거운 배낭을 짊어지고 시계탑 아래서 만나 삼삼오오 강촌으로 대성리로 MT를 가던 곳, 삐삐도 휴대폰도 없어 누군가 늦어지면 툴툴거리면서도 한없이 기다려주던 곳이었고 최루탄 냄새에 쫓겨 남으로 내려가는 밤 기차를 발 구르며 기다리던, 따스함과 초조함이 공존하던 곳이었다. 대전발 0시 50분 기차를 갈아타고 더러는 목포로 더러는 대둔산 푸른 계곡으로 비장하게 숨어들던 시간, 깊고 아찔한 계곡을 가로지르며 흔들리던 구름다리에서 기꺼이 손잡아 주던 남자와 다시 만난 곳도 광장 시계탑 아래였다. 건너편 모퉁이 별다방 어둑한 구석에서 까만 올림푸스카메라에서 꺼낸 흑백사진 몇 장을 주고받으며 구름다리의 우연을 인연이고 필연이라 믿었던 순수의 시절이었다. 쓰디쓴 커피를 함께 마시며 시간을 빠르게 건너 금세 다정해지기도 했지만 여전히 불안한 눈빛으로, 긴 머리를 빗으로 빗어 넘기곤 하던 별빛 반짝이는 박스 속 DJ 오빠에게 '푸른 파도여 언제까지나'를 몇 번이고 신청해 듣곤 했었다. 시간을 나르는 일을 쉬어 본 적 없는 광장 시계탑은 이제 휴대폰을 손에 든 사람들이 더 이상 그곳에서 누군가를 기다리지 않는다는 걸

알고 있다. 다만 파도에 실려 떠나간 남자를, 그때를 잊지 못하
는 여자를 가끔 떠올릴 뿐

도리끝 그 카페

약속 없이 찾아든 골목이었어

그날, 도리 끝 그 논골 담길로 소문처럼 찾아 든 건
파도에 떠밀리며 이리저리 골목을 헤매던
지난밤 꿈 때문이었어
꿈속에서 달려 나온 파도 소리가 자꾸 발목을 붙잡아
계단 하나 오르다 돌아보고 계단 하나 오르다 또 돌아보고
눈물이 쏟아질 것 같아서 우두커니
저녁이 오는 골목, 어느 집 담장 아래 기대선 채
오래오래 말없이 바라보던 언덕 위 그 카페

돌아오지 못하는 사람을 기다리다
수평선을 베고 잠들던 푸른 밤들이 기억나

그날 좁은 계단을 소리 없이 올라와
담장을 물들이던 노을은
부치지 못한 책갈피 속의 빛바랜 엽서 같았어
담장을 물들이다 이윽고

골목을 돌아나가는 저녁 그림자는 먼 그대 뒷모습 같았어

등대 불빛에 실려 잠깐씩 섬이 되기도 하는
도리끝 그 카페엔 밤이면
바다를 향해 난 창문마다 그리운 이름들이 환하게 켜지고
평생 수평선과 눈 맞추다 한없이 눈빛 깊어진 사람들이
추억처럼 모여 있었어

늦은 이야기

하나.

우리가 도착했을 때 가을은 양지바른 언덕마을, 오래된 과수원
에 머물고 있었지 늦가을 해가 내려준 빛을 얼마나 많이 받아
마셨는지 더 할 수 없이 붉어진 동그란 얼굴들과 그것들을 온
몸이 휘게 매단 채 일렬로 서 있던 늙은 사과나무들 살아 있는
모든 것들은 아름답다는 이야기를 들려주기 위해 까치발로 서
서 우릴 기다려준 고목나무에게 무한한 경의를 보낸 하루

둘.

소수서원을 휘감고 느리게, 느리게 흐르던 강물과 강물 위를
떠가던 낙엽들을 생각하곤 해 어슴프레 한 저녁과 고요한 강
변, 속이 텅 빈 은행나무와 은행나무 아래로 걸어간 우리들 발
자국, 우리가 등 떠밀지 않아도 정해진 규칙만큼 시간은 흘러
가고 있었던 거야

셋.

여행에서 돌아와 하루종일 휴대폰에 담은 영상들을 컴퓨터에
쏟아놓고 모두 잠이 든 밤, 내가 보낸 시간들이 오롯이 남아

있는 사진들을 가만히 들여다보는 일 오후의 따스한 햇살과 저녁 무렵의 차갑던 바람, 하늘을 빨갛게 물들이며 사라져간 노을 한 조각, 그들이 들려주는 이야기를 일기장에 받아 적는 다정한 시간

추신.
풍기역 광장, 바람처럼 나타났다 바람처럼 사라져간 오래된 나의 첫사랑들 그땐 미처 읽어내지 못했던 생략된 뒷말을 비로소 마저 읽어내는 밤, 추억 속에 사는 당신을 만나기 위해 나는 이제 잠들 거에요 당분간 깨우지 말아요

바다 카페

바다 카페에선 커피를 천원이면 살 수 있어
하얀 거품이 파도처럼 일어나는 아메리카노에
하얗게 빛바랜 기억을 꺼내 몰래 넣고 저으면
흑백영화의 한 장면처럼 쏟아져 나오는 무지개 추억
그 해변, 햇살 내리는 양지쪽 구멍가게 앞에
투명한 오월의 바람처럼 옹기종기 모여앉아
벽돌깨기 게임을 하며 푸른 웃음을 하늘로 날려 보내던 시절
바다로 향한 간이의자에 앉아 모락모락
이야기를 피워 올리면 어느결에 다가온 수평선과
눈 맞추던 기억, 이젠 모두 오래된 이야기

붉게 물든 하늘이 햇살을 야금야금 삼키는 시간
해묵은 추억을 길어 올리던 시간들이 바람을 타고
서쪽으로, 서쪽으로 날아가고 있네

달래마을 이야기

대관령 깊숙한 골짜기 달래마을엔 꽁지머리 동일씨와 영희 씨가 산다 아침이면 징검다리 건너 약수터에서 새벽빛 파랗게 물든 약수를 길어와 밥을 짓고 저녁이면 붉은 햇살 한 자락 끌어와 노릇노릇 산더덕 구워 소박하게 밥상을 차려낸다 오후 내내 햇살 내리는 툇마루는 그들만의 도피안사 흘러가는 구름을 불러 앉히고 햇살이 키운 분나는 감자를 구워 먹으면 달리던 바람도 슬그머니 발길을 멈추는 곳 밤이면 창가에 내려온 별무리들 소곤소곤 그들의 작은방을 엿보다 그도 심드렁해지면 빗금을 그으며 유성비 되어 내리는 곳 대관령 깊은 산 속 달래마을엔 꽁지머리 동일씨와 미소가 예쁜 영희씨가 살고 있다

노을다방 연가 · 1

읍내 노을 다방에 살고 있는
그녀는
빨간 구두를 타고
하늘동으로 구름동으로 참새처럼
재재거리며 날아다닌다
노을이라 불리는 그녀에게선
늘 진한 커피 향기가 난다
바람이 부는 날
커피 향기는
솔숲을 지나 강을 건너
멀리
도시에 사는 그의 집까지 날아간다
오늘은
회색빛 벽에 기댄 햇살이
바람이 가져온 향기를 몰래 나눠 마셨다

오후가 한층 따뜻해졌다

노을다방 연가 · 2

바닷가 노을다방에 살고 있는
그녀는
빨간 구두를 타고
온종일 바람동으로 햇살동으로
구름처럼 날아다닌다지
먼바다에서
바람 선장이 돌아오는 날
노을이라 불리는 그녀에게선
달큰한 파도 냄새가 나기도 한다는데
그런 날은 온종일 오리무중
바람 속으로 숨어들었는지
빨간 구두코조차 보이지 않는다는데
눈치 없는 햇살동 늙은 사내들
저물도록 빨간 구두 소리만 기다린다지

바람에게 기대 잠든 빨간 구두를
지나던 구름이 얼핏 보았다던가!
글쎄 그런 소문이
바람동에 무성하게 퍼졌다는데

그리운 역

빛 바랜 갈피마다 빈틈없이
불면의 밤들이 새겨져 있다
무심한 페이지를 열면
먼 산골짜기에 낮게 엎드려 있던 바람들이
일제히 일어서는 소리와
바람의 무늬 사이로 단풍나무의 마른 잎들이
가벼워진 이름을 가만히 내려놓는 소리가 들렸다
간이역 삐걱대는 의자에 홀로 앉아
오래도록 오지 않는 기차를 기다리던 풍경이
흑백사진으로 납작하게 접힌 채 엎드려 있었고
골짜기마다 빈틈없이 내려앉던 노을이 먼 산처럼 앉아 있었다
더는 얇아질 수 없는 기다림이 쓸쓸하게 누워 있었고
추억이 서로에게 등을 기댄 채 숨어 있었다
바라만 보다 끝내 떠나보낸 얼굴 하나쯤 누구에게나 있는 법
이라고
위로를 건네던 서늘한 목소리가 있었다
짧은 여행의 한 막이 아쉽게 내려지는 것을 오래도록 바라보던
그 저녁이 있었다

그날

그날 민이가 옥이 어깨에 죽은 뱀을 던졌다고, 그래서 옥이는 머리에 이고 가던 떡쌀을 길가에 내동댕이치고 기절한 거라고, 그 바람에 우리 모두 학교에도 못 가고 길가에 앉아 목 놓아 우느라 다 받아놓은 육 년 개근상 물거품이 되었노라고, 그날 나는 그 못된 민이 자식 이야기를 머릿속 일기장에 깨알같이 적어서 기억의 갈피 깊숙이 넣어 두었지. 들뜬 봄 햇살을 타고 집을 떠나 서걱대는 가을, 긴 겨울을 돌고 돌아 아득한 세월을 살다가 돌아온 중년의 동무들에게 그날 나는 신이 나서 꼭꼭 접어두었던 기억의 갈피를 펼쳐 놓았지. 그런데 석이는 옥이 어깨에 뱀을 던진 건 민이가 아니라 자기였다고 순순한 마음을 꺼내 놓았지. 힘센 옥이에게 매일 두드려 맞는 게 분해 안개 자욱한 어느 아침 떡쌀을 이고 장터로 가는 옥이 뒤를 따르다 분한 마음에 그만 죽은 뱀을 어깨에 던졌다고. 그 미운 옥이 지지배 떡쌀 함지박을 내동댕이치고 보기 좋게 기절해 버리더라고, 집에 와서 죽도록 매맞았지만 옥이 년 함지박 내동댕이치고 풀썩 쓰러질 때 그동안의 분한 마음 봄눈 녹듯 사라지더라고 눈처럼 하얗게 웃었지. 안개 자욱한 어느 봄날 학교로 가는 내 발목을 자꾸 붙잡고 늘어지던, 민이 같기도 하고, 석이 같기도 한 까실머리 아이가 부르던 노래 한 소절 온종일 귓가에 맴도는 그 날 같은 오늘

38휴게소

비 내리는 언덕에서
낮게 밀어 올리는
바다의 말을 듣고 있다

한 떼의 사람들이 남으로 가고
더러는 북쪽으로 돌아가던
상심하던 시절
흑백 사진첩에 잠들어 있는
유월의 비를 추억한다
빗금을 그으며 달려드는 비애悲哀
사선으로 몸이 쪼개지던
음울의 기억

하늘과 바다의 경계에 서서
하늘도 바다도 될 수 없어
사다리꼴로 선 채
온종일 바다의 이야기 듣고 있다

제 4부

태기산

왕의 한숨이
산골짜기 갈피마다
흰 안개꽃으로 피었다

안개꽃무늬 이불을 덮고
누워 있는 산
골짜기 한켠, 전설이 되어
긴 잠에 든 태기왕

혼곤한 꿈처럼 흩어졌다 모이는
먼 산경

인도 일기 · 3
— 갠지스강 가

지구 끝에서 걸어온 사람들이
한 방향을 향해 흘러가고 있다
거역할 수 없는 생과 사의 물결, 휩쓸림

—어머니
강이 뜨겁게 잉태하고 있던 태양을
이제 막 해산하는 중이에요
건너편 화장터에선 연기가 피어올라요
방금 생을 마감한 누군가의 조각을
눈이 파란 아이가 줍고 있어요
나는 항하사*恒河沙 고른 숨결 위에 서서
강이 전해주는 고통과 환희를
뇌의 갈피마다 빈틈없이 새겨 넣고 있어요
지금은 눈을 뜰 수도 말을 할 수도 없어요

삶의 경계가 궁금하면 오라시던
어머니
당신이 떠나보낸 깜빡이는 등불은

지금 어디쯤 떠가고 있나요?

* 항하사 : 갠지스 강변의 모래

인도 일기 · 4
— 영불탑 아래서

아득한 시선이
낯선 삶을 엿보고 있다

오체투지
탑을 맴도는 순례의 행렬
긴 그림자 속으로 숨어든
이방인 하나가
그들의 몸짓에 쌓여 있는 생의 무게를
가늠하며 절박한 눈빛으로
행위를 쫓고 있다
온몸의 신경 줄이 팽팽하게 당겨지고
당겨지다가 툭!
끊어진다

위태로운 한 생이
거미줄 위의 세상을 조율하고 있다

인도 일기 · 10
— 기차를 기다리며

한 떼의 구름
철로를 무단으로 건너며
햇살을 잘게 부수어 먹고 있다
미처, 눈치챌 수 없을 만큼의 시간들이
빠르게 사라지고 있다
조각난 햇살 사이로 낯선 눈빛들
사선으로 건너오다 팽팽하게 맞선다
무엇인가 푸르게 일어서 길고 서늘하게 등을 타고
흐른다
젖은 손바닥을 오래 들여다보았다
급행으로 달려가던 무수한 길들이
표지판을 잃어버린 채 손금 안에 갇혀있다

태기산에 잠들다

나는 맥국의 왕이었다
저 무례한 무리들에게 쫓겨 험한 산등성이 몇 개씩 넘어
이름 모를 골짜기에 숨어들어 슬픈 성벽을 쌓고
다시 돌아갈 날을 기다리다 끝내 놓아버린 한 서린 생의 끈
먼 시간을 접고 나는 태기산 골짜기를 누비는
바람이 되었다
바람이 되어 깊고 차가운 시간에 기대
지나는 사람들의 무심한 이야기를 듣는다
용맹했던 왕과 충성스럽던 군사들 그리고
얼굴이 희던 다정한 왕비의 이야기를
나는 또 가끔 산자락 무너진 성벽 햇살 맑은 곳에 기대
산꾼들과 구름이 전해주는 세상 이야기를 듣고
산의 능선을 베고 누워 계절이 바뀌는 소리를 또 오래도록 듣고
묵은 시간들 켜켜이 쌓이는 소리를 공들여 듣는다
어느 날 나의 이야기 마침내 우주로 돌아가리
태기성이라 불렸던 빛나는 별 하나가
태기산자락 어디쯤 머물다
하늘로 돌아갔다는 소문을

누군가 묵은 시간들 켜켜이 쌓여 있는
어느 페이지에 공들여 기록하리

홍장암 전설

그녀는 나비가 되었다

아름다운 인영 호수로 날아들고
그날 이후 비 내리는 밤이면
호숫가 바위틈에선 그녀의 울음소리
봄밤 안개처럼 피어나곤 했다

계절처럼 이슥하게 깊어지던 붉은 맹세

뻐꾹새 울음소리에 실려 하얀 봄날이 떠나고
더운 시간으로 뒤척이던 여름도
저 혼자 볼 붉히며 깊어가던 가을도
하얀 겨울 깊어진 길을 따라 모두 떠나갔다
몇 개의 계절은 돌아오는 길을
영영 잃어버렸고 그 길을 따라나선 당신도
끝내 돌아오지 못했다

안개비 내리는 어느 봄밤

돌아오는 길을 찾지 못한 그를 기다리다
그녀는 끝내 한 마리 나비가 되었다

동굴의 기억

—그날 나는 이역 하늘 동굴 속에서
명징한 공포와 맞닥뜨렸다—

수水동굴 깊숙한 품에 안겨들 즈음
쪽배 한 채가
표정이 다 지워진
한 떼의 사람들을 싣고
어둠 속을 가르며 아슬아슬하게
스쳐 지나갔다
검은 강폭에 하얗고 가는 가르마가 얼핏
길을 내었다
어디선가
방향을 잃고 헤매던 쪽배들이
순식간에 모여들었고
죽음을 입에 문 유령들은 재빨리
길을 지웠다
생사의 경계에서 화려하게 펼쳐지던
찰나의 난투극

되돌아온 세상에서 만난
금빛으로 펄럭이던 햇살의 기억

땅끝에서

어느 사월
바람난 꽃들 한 무리 떼 지어
남으로 갔다지
은근하게 속살 드러낸 채
물 길어 올리는 다산초당 대숲을 돌아
눈짓하는 산벚나무 배웅받으며
입술 빨갛게 물들이고
땅끝마을
동백 만나러 갔다지
가는 길
졸음 겨운 햇살 자꾸 허리에 감겨와
백련사 넘어가는 고갯마루
그 언덕에 앉아
아주 잠깐
휘파람새 노래를 들었다는데…

그해, 깊은 겨울
유난히 입술 붉던 한 여자

뱃속에 탐스런 보름달 하나 떠올랐다는 소문
땅끝마을에 무성하게 퍼져나갔지

푸른 바다 가득
봄빛 물들던
윤사월 어느 날이었지

그 집

그 집은
태기산으로 가는 길목
푸른 실개천이 흐르는 작은 강가에 나비처럼 앉아 있다
바람에 날아갈까
파란 모자를 꾹 눌러쓴 채 앉아 있는 오두막집엔
할머니의 할머니가 들려주던
옛날 옛적 용맹했던 태기왕 이야기가
이끼 낀 돌담 아래 전설처럼 쌓여 있다
웃자란 잡초들 사이 작은 길을 걸어
느리게 마당을 건너면
곰삭은 시간들이 담겨있는 장독대가
졸음 겨운 풍경으로 앉아 있는 집
낯선 발자국 소리에 일순 침묵 속으로 들기도 하고
햇살이 가득하게 마당에 들어서는 오후면
곤한 하품을 쏟아내기도 하는 그 집은
태기산으로 가는 길목에
파란 모자를 눌러쓴 채 섬처럼 앉아 있다
태기왕의 전설을 기억하는,

대처로 떠난 아이들이 돌아오길 기다리며

관음송*의 노래

—고은님 떠난 아침을 나는 아직 기억합니다

눈물강 건너던 밤
어린 임금의 옷자락 갈피마다 숨어 낮게 통곡하던 바람

'저를 이렇게 홀로 두지 마세요
밤마다 금이 간 심장을 밟고 검은 그림자 건너오는 소리가
들려요
발아래 절벽은 더욱 아득한데 자꾸 깊어지기만하는 산
나는 돌아갈 곳이 없어요
어머니 제발 나를 데려가세요'

푸른 열여섯 살, 그믐달처럼 파리하게 사위던
어린 왕이
영어囹圄의 몸으로 부르던 노래를
나는 다 들었지

궐 밖 초막에서 멍에 속에 갇힌 평생을 소복으로 지키며

별 내리는 싸리울에 기대 천 리 밖 고은님 기다리던
이름마저 빼앗긴 서러운 왕후의 이야기도
나는 다 들었지

내 등에 기대면 구름보다 가볍던 님
──구름처럼 훨훨 날아가면 안 돼요
차가운 옷자락 붙잡고 함께 울던 밤
나는 땅속에 수백 개의 발을 깊게 더 깊게 뿌리 내렸지

꽃비 내리는 오월, 마침내
청령포 그 숲을 환하게 물들이며 현현顯現한
두 어린 님이
푸른 서강을 날다 안개 걷힌 푸른 숲에 사뿐히 내려앉아
눈부시게 해후하는 오백오십 세 번째 이야기를

나는 오늘 비로소 몸속에 깊이깊이 새겨넣었지

* 관음송 : 영월의 청령포 안에 자라고 있는 수령 600여 년의 소나무. 단종의 비참한 모습을
지켜보았다고 해서 '볼 관(觀)'자를, 단종의 슬픈 말소리를 들었다 하여 '소리 음(音)'자를 따서 붙인
것이라고 한다.

갠지스강 가에서

어머니,
언제나 방향 없는 충동이 더 먼 곳을 보게 했지요
강 저편은 어떤 세상일까요
강물이 나눠준 햇살 한 토막 머리에 이고
시작되는 죽음의 의식
높게 또는 낮게 쌓인 나무더미들 사이로
불기둥이 솟아올라요
더는 얇아질 수 없는 생을 접고
살아온 길들이 환하게 펼쳐지는 화문火門을
누군가 건너가고 있는 게 저기 보여요
다음 생엔 좀 더 나은 삶으로 태어나고 싶다고
낮게 우는 소리가 들려요
나뭇더미 무게만큼 참아내면 그만일까요
이윽고 먼지가 된 무게를 가벼이
견디기만 하면 되는 걸까요
강물이 이제 그만 되었다고
그 품으로 손짓할 때까지 그렇게

만물상회

굽이굽이 골짜기 휘돌아 내리는 오색령 고갯길 끝자락에 구름집 한 채 앉아 있다. 그 집은 빛바랜 일기 어느 한 페이지의 말줄임표처럼 자주 묵상에 들곤 한다. 구름집엔 없는 거 빼곤 다 있다. 한구석엔 사진관도 있어 주인 창해 씨는 대를 이어 마을의 이야기를 기록 중이다. 그의 사진기는 늘 켜져 있어 언젠간 하늘나라로 돌아갈 마을 노인들의 영정사진을 찍어주기도 하고 전교생이 4명뿐인 산골학교의 아이들에겐 훨훨~날아오르는 파랑새의 푸른 꿈을 찍어주기도 한다. 억새밭에 이는 바람의 무늬와 낙엽의 바스락거리는 소리를 찍고 눈 쌓인 마을 돌담길과 꽃비 내리는 언덕의 풍경을 꿈결처럼 담아내기도 한다. 먼 데서 그리운 이가 찾아오면 책장 귀퉁이, 추억을 베고 잠들어 있는 흑백사진 한 페이지를 깨워 펼쳐 놓고 별 내리는 평상에 나란히 누워 도란도란 옛이야기를 하다 밤이 그윽해지면 깊고 푸른 산자락 하나 슬그머니 당겨 덮고 은하수 물길을 건너 아늑한 꿈나라로 간다. 그 밤, 밤이 이슥토록 그립고 푸른 시간들 함께 흘러 온 밤 내 다정하고 따뜻한 꿈을 꾸는 그는 오색령의 영원한 피터 팬이다.

보리암

남해 금산 바위 속 암자에 앉아
푸른 새벽이 언덕을 올라오는 걸 보고 있네
안개가 새벽보다 더 푸른 옷자락을 끌며
함께 오르는 걸 보고 있네
관음보살을 부르며 꼬박 밤을 밝힌
정갈한 마음들이 푸른 새벽의 품에 안기네
도량석을 돌던 안개가 돌탑 속으로 사라지고
우리들 무릎에서 아득하게 종소리 들리네
눈빛 푸른 비구니가
남해 금산 보리암, 보광전 문턱을 사뿐히 넘고 있네
남해 금산 푸른 바다에서
오래전에 떠나보낸 기별 하나가 돌아오고 있네

포말泡沫의 시학詩學,
그 생성生成과 소멸消滅의 기억들

구 재 기
(시인)

포말泡沫의 시학詩學,
그 생성生成과 소멸消滅의 기억들

구 재 기
(시인)

1.

인간의 기본적인 감정(感情, feeling)은 쾌(快, pleasentness)와 불쾌(不快, unplcasentness)로 나누이 생각할 수 있다고 한다. 이른바 주관적인 흥분 상태라 할 수 있는 정적 상태(情的狀態)에서부터 비롯된다는 것이다. 이와 같은 정적 상태는 신체적인 흥분까지 수반되어 단순한 감정에 이르렀음에도 불구하고 신체적 변화를 일으켜 주기도 한다. 그러나 이러한 신체적 변화에는 아주 미미한 성질의 것이 대부분이어서 일상생활에서 거의 의식하지도 못한 채 일시적인 감정만을 느끼게 되는 것이 대부분이다.

그러나 이와는 다르게 외연적인 자극에 의하여 이루어지는 신체적 흥분이 고조되기도 한다. 이때의 신체적 흥분은 행동적인 반응을 불러일으키면서 정적인 경험에 이르게 한다. 이 정적 경험은 인간의 기본적인 단순한 쾌나 불쾌가 아닌 새로운 경험을 불러일으키게 하는데, 이것이 바로 정서(情緖, emotion) 경험이다.

이와 같은 정서의 경험은 끊임없이 이어지는 일상의 경험에 의하여 무엇인가를 알아차리는 기억(記憶, memory)의 과정을 거쳐 축적된다. 이전에 경험한 바와 새로이 경험하여 얻은 기억이 용해(溶解)되면서 다시 새롭게 인식하게 될 뿐 만 아니라, 이때에 재인(再認, recognition)의 과정을 거쳐 유발된 정서는 기호화(記號化, encoding)된다. 이 기호화란 모든 경험의 자료를 기억할 수 있는 부호로 바뀌는 것을 뜻하며, 이러한 경험 내용이 영구적으로 보존되는 기억의 저장 속에 기호화되면서 비로소 일상생활에 유용한 정보적 기능을 한다.

따라서 언제든지 기억 속에 저장된, 이른바 과거의 경험을 통하여 축적된 정보를 끄집어내어 필요할 때마다 새롭게 재생시키곤 한다. 그러나 모든 기억이 재생되는 것은 아니다. 저장된 기억 속에서 인출에 실패하는 경우가 있다. 이른바 망각이 그러하다. 과거의 경험이 기억으로 축적되어 있는 곳에서 정상적 기능을 다 하고, 한편으로는 인출될 때에 정서 경험이 수반되어 나타난다. 이 정서 경험은 기호화되어 저장된 기억의 인출 과정을 통하여 나타나는 것으로, 이것은, 한 편의 시작품으로 탄생하기도 한다. 한 편의 시는 이와 같은 기억을 재생시키는 과정과 그 정서를 통하여 이루어진다.

유금숙의 시 세계는 축적된 경험으로부터 비롯한 기억을 재생시키는 가운데 연이어 수반되는 정서의 밝은 빛으로 빚어내는 데에서 찾아볼 수 있다. 그러한 정서는 마치 저 무한의 바다에서 끊임없이 밀려오는 물결의 포말(泡沫)로부터 발견해낼 수 있다. 바다에서 뭍으로 밀려오는 포말은 쉽게 사라진다. 그러나 밀려오는 행위는 단 한 순간도 정지하는 일이 없다. 그러므로 포말은 사라지는 것이 아니라 순간의 정지를 소멸과 재생으로 반복하고 있을 뿐이다.

2.

포말(泡沫)은 거품이다. 물 따위에 생기는 거품을 말한다. 일반적으로 거품은 쉽게 사라지는 것으로 알려져 있다. 노력이나 시간의 축적이 한순간에 흔적 없이 사라져 헛되게 된 상태를 비유적으로 이르는 말로 쓰이기도 한다. 그러나 유금숙의 시에 나타난 거품, 즉 포말은 여러 시간이 지나도 좀처럼 꺼지지 않는다. 이른바 안정포말(安定泡沫)이다. 이 안정포말은 비누, 색소, 단백질 따위의 수용액(水溶液)에서 흔히 볼 수 있다. 그러나 유금숙의 시가 가지는 포말은 어떤 측면에서 수용액이라는 공해적(公害的) 요소가 전혀 없는 안정포말이다. 그야말로 순수하여 맑고 투명하여 단 한 점의 티끌도 함께 할 수 없는 정서의 포말이다.

포말은 프리즘(prism)의 역할을 한다. 프리즘은 광학에서 빛을 분석하고 반사시키는 데 유용한 것으로서 유리와 같은 물질을 정밀한 각도와 평면으로 절단한 투명체이다. 이 프리즘을 이용하여 빛을 분산하면 무지갯빛으로 펼쳐지는 것을 볼 수 있다. 이처럼 빛을 파장에 따라 분산한 것을 스펙트럼이라고 한다. 전 파장에 걸쳐서 연속적으로 나타나는 스펙트럼을 연속 스펙트럼(連續-continuous spectrum)이라고 하며, 특정한 파장의 빛만 나타나는 스펙트럼을 선스펙트럼(線-line spectrum)이라고 한다. 흔히 햇빛이나 형광등의 빛을 프리즘으로 분산하면 모든 파장의 빛이 나타나는 연속 스펙트럼을 볼 수 있다. 정서의 포말은 곧 이와 같은 프리즘 역할을 하여 무지갯빛을 펼쳐 놓는다. 끊임없는 일상의 경험에 의하여 축적된 포말 가운데

에서 무지갯빛으로 나타나게 하는 스펙트럼은 한 편의 시 창작
에 촉매적(觸媒的)인 역할을 하게 된다.

　우선 이 시집의 표제가 되어 있는 시 「해변의 식사」부터 살펴
보기로 한다.

바닷가 작은 식당에 홀로 앉아
푸른 하늘과 흰 구름과 초록빛 바다를 먹네
창틀에 걸린 수평선 물결 위로
나른한 햇살이 눕는데
우리가 함께 쌓아 올리던 금빛 신화들
햇살을 밟으며 서운하게 떠나가네
무지개 같은 오후가 수평선에 걸리네
당신의 시간이 손가락 틈새로 찰랑이고
내 발을 적시던 바다가 조금씩 멀어지고 있네
붉은 노을 속으로 우리가 쌓아 올리던
한 계절, 그대와 나의 소문나도 좋을 시간이
아쉽게 사라지고 있네

　　　　　　　　　—「해변의 식사」 전문

이 시는 전체 4부분으로 나누어 생각할 수 있다.

먼저 화자는 〈해변의 식사〉를 하면서 창밖으로 보이는 바다를 바라보고 있다. 그러면서 눈 앞에 펼쳐지는 외연적인 바다의 풍경에 신체적 흥분을 보인다. 그리고 행동적인 반응을 불러일으키면서 정적인 경험에 이르게 된다. 바다의 풍경 속에서 이미 인지되어 경험에 의하여 축적된 기억을 끊임없이 인출하기 시작한다. 화자는 지금 '바닷가 작은 식당에 홀로 앉아/ 푸른 하늘과 흰 구름과 초록빛 바다를 먹'고 있다. '식당'과 '먹네'와의 동위적(同位的)인 가운데 '푸른 하늘과 흰 구름과 초록빛 바다'를 기억 속에서 연이어 인출해내면서 정서의 동일화(同一化)를 이루는 요소들, 이른바 하늘과 구름과 바다를 열거함으로써 정서를 환기해놓고 있다.

이와 같은 정서의 표출은 다음으로도 계속 이어진다. '창틀에 걸린 수평선 물결 위로/ 나른한 햇살이 눕는데/ 우리가 함께 쌓아 올리던 금빛 신화들/ 햇살을 밟으며 서운하게 떠나가네/ 무지개 같은 오후가 수평선에 걸리네'가 그렇다. '창틀에 걸린 수평선 물결 위로/ 나른한 햇살이 눕'는 외연적인 팩트(fact)에서 '우리가 함께 쌓아 올리던 금빛 신화들'이란 기억으로부터의 인출이 조화를 이루어 '햇살을 밟으며 서운하게 떠나가'는 기억의 포말 속에서 무지개와 같은 정서를 이끌어준다.

그리고 셋째 부분에서 '무지개 같은 오후가 수평선에 걸리네/ 당신의 시간이 손가락 틈새로 찰랑이고/ 내 발을 적시던 바다가 조금씩 멀어지고 있네'로 이어진다. 외연적인 것과 기억

속의 것으로 보이고 있는 '무지개 같은 오후'와 '당신의 시간' 그리고 '수평선'과 '손가락 틈새로 찰랑' 이는 것의 대비를 통하여 이루어지는 새로운 정서는 '내 발을 적시던 바다가 조금씩 멀어지고 있'는 정서의 팩트를 엿보이고 있다.

끝부분 '붉은 노을 속으로 우리가 쌓아 올리던/ 한 계절, 그대와 나의 소문나도 좋을 시간이/ 아쉽게 사라지고 있네'를 살펴보면 '붉은 노을 속으로' '아쉽게 사라지고 있'는 '우리가 쌓아 올리던/한 계절'이 '그대와 나의 소문나도 좋을 시간'이 기억으로부터의 인출 과정을 통하여 '아쉽게 사라지'는 연민스러운 감정을 엿보이게 한다.

때때로 기억은 언뜻 단기적인 포말로 이루어지고 있는 것으로 착각하게 한다. 어떠한 경험적 사실이 내포되어 있는 정보의 기억을 넘어서 아주 쉽게 외연화되어 나타나는 경우가 있기 때문이다. 그러나 그렇다고 해서 그것이 단기적 기억의 인출이 아니다. 오히려 오랜 기억의 축적에서 숙성될 대로 숙성되어 이제는 더 이상 숙성될 수 없을 만큼 육화되어 절로 인출되는 것이기 때문이다. 그러므로 인출의 기억은 즉물적인 대상으로 화(化)하여 시각화(視覺化)해준다. 이른바 심상(心像. image)을 말하는 것으로 기억에서 유로(流露)되면서 직관상(直觀像.idetic)을 정립해준다.

그들이 부지런해지자 마당이 다시 살아났다
꽃들이 봄을 피워 올리고 멀리 떠났던 새들이 돌아왔다
매화가 피고 살구꽃이 피었다
마당이 초록으로 물드는 이른 여름
그녀는 마당 한 켠에서 살구를 주웠고
그는 더욱 부지런하게 마당을 가꾸었다
가으내 아이들은 종달새처럼 푸른 웃음들을
마당에 가득하게 펼쳐 놓곤 했다
그 겨울 마당은 흰 눈으로 만든 솜이불을 덮고
깊고 더운 잠을 잤다
— 다시 몇 번의 계절이 지나갔다
길고 어두운 터널을 지나온 아이들이
해맑은 웃음을 날리며 푸른 마당으로 모여들었다

— 「에필로그」 전문

'에필로그'란 시, 소설 등에서 내용이 완결된 후 작가가 자신의 주장, 해석 또는 최종적인 결말 등을 진술하는 종결 부분, 즉 주제에 의거한 종결부를 말한다. 어떠한 글에서 필자가 하고자 하는 말을 총체적으로 집약하여 한 말이 바로 에필로그이다. 그러나 이 시에서의 화자는 그러한 〈에필로그〉에 이르지 않는다. 내포된 기억의 적층(積層)으로부터 조화롭고 화해로운 심상을 추출해내어 그려놓고 제시해놓고 있다. 시 속에서 '그들·그·그녀·아이들'이라는 인물들이라든가 즉물적인 대상인 '꽃·새·매화·살구꽃' 등은 물론 심지어 '마당'에 이르기까지 어느 것 하나 슬프고 불행한 감정에 놓여 있지 않고 있을 뿐만 아니라 암울하거나 침울함을 전혀 보이지 않는다. '겨울 마당'은 '흰 눈으로 만든 솜이불을 덥고/ 깊고 더운 잠을 잤'으며, '아이들'은 '다시 몇 번의 계절이 지나'는 동안 '길고 어두운 터널을 지나'와서 '해맑은 웃음을 날리며 푸른 마당으로 모여들었다'. 이에 따라 '마당'은 가옥구조상 부수적으로 생활의 공간이 아니다. 삶에서 기쁨과 만족감을 흐뭇하게 느끼게 함으로써 이루어놓은 정신적이고 관념적인 삶의 공간이다.

독일에 '끝이 좋아야 모든 게 좋은 것이다(Ende gut, alles gut)'라는 속담이 있다. '부지런함 끝'에 '마당이 다시 살아'나고, '흰 눈으로 만든 솜이불을 덥고/ 깊고 더운 잠'을 자고 나서 '길고 어두운 터널을 지나온 아이들이/ 해맑은 웃음을 날리며 푸른 마당으로 모여들었'거니와 그로 인하여 <에필로그>에 이르러 꽃을 피우고, 새들이 날아오고, '초록으로 물드는 이른 여름'의 '아침 마당'을 이룬다. 그야말로 삶의 아름다움이 그대로 펼쳐진 공간이 된다.

내포된 기억의 축적에서부터 유출된 심상이 외연적인 팩트와의 만남에서 비롯한 화해(和解)로운 삶의 '마당'은 저 유럽의 성당 벽화에서처럼 한 조각 한 조각씩 모아 그려진 프레스코화를 연상하게 한다.

시에 있어서의 정서란 어떠한 자극에 하여 유발된 정적 상태를 말한다. 그러나 정적 상태를 유지하기 이전에 이미 정적 상태를 유지하기 위한 준비는 장기간에 걸쳐 쌓이게 마련이다. 그리고 그 정서는 어떤 외연적이고 즉물적인 상태에 이르게 되면 끊임없는 인출에 의하여 기호화를 이룬다. 마치 너른 바다로부터 뭍으로 이어지는 포말처럼 말이다. 포말처럼 사라지는가 하면 다시 밀려오는 새로운 포말과 만나고, 그 사이에서 인출되는 정서는 정신적 프리즘의 역할을 함으로써 가장 빛나는 빛깔을 얻어낸다. 즉 정서의 의식적인 느낌과 그 기호화는 인과 관계를 가지는 것이 아니라 두 요소의 결합하는 데에서 이루어진다. 바로 정서를 일으키는 외연적인 자극에 의하여 내재적인 요소와 더불어 동시적으로 나타나는 동반적인 새로운 성분으로 결정된다고 할 수 있다.

푸르고도 우울했던 시절 그곳은 숱한 사람들의 만남의 장소였다. 무거운 배낭을 짊어지고 시계탑 아래서 만나 삼삼오오 강촌으로 대성리로 MT를 가던 곳, 삐삐도 휴대폰도 없어 누군가 늦어지면 툴툴거리면서도 한없이 기다려주던 곳이었고 최루탄 냄새에 쫓겨 남으로 내려가는 밤기차를 발 구르며 기다리던, 따스함과 초조함이 공존하던 곳이었다. 대전발 0시 50분 기차를 갈아

타고 더러는 목포로 더러는 대둔산 푸른 계곡으로 비장하게 숨어들던 시간, 깊고 아찔한 계곡을 가로지르며 흔들리던 구름다리에서 기꺼이 손잡아 주던 남자와 다시 만난 곳도 광장 시계탑 아래였다. 건너편 모퉁이 별다방 어둑한 구석에서 까만 올림푸스카메라에서 꺼낸 흑백사진 몇 장을 주고받으며 구름다리의 우연을 인연이고 필연이라 믿었던 순수의 시절이었다. 쓰디쓴 커피를 함께 마시며 시간을 빠르게 건너 금세 다정해지기도 했지만 여전히 불안한 눈빛으로, 긴 머리를 빗으로 빗어 넘기곤 하던 별빛 반짝이는 박스 속 DJ 오빠에게 '푸른 파도여 언제까지나'를 몇 번이고 신청해 듣곤 했었다. 시간을 나르는 일을 쉬어 본 적 없는 광장 시계탑은 이제 휴대폰을 손에 든 사람들이 더 이상 그곳에서 누군가를 기다리지 않는다는 걸 알고 있다. 다만 파도에 실려 떠나간 남자를, 그때를 잊지 못하는 여자를 가끔 떠올릴 뿐,

— 「청량리역 시계탑」 전문

위 시는 〈청량리역 시계탑〉을 둘러싼 시간의 흐름에 따라 시대의 변천과 그에 더불어 온 보편적 정서가 개별적 정서로 변화하는 과정을 비교적 섬세하게 보여주고 있다. '푸르고 우울했던 시절'과 '순수의 시절', 그리고 '시간을 나르는 일을 쉬어본 적 없는' 오늘날의 '시절'을 소멸과 생성의 반복으로 연이어 밀려오는 포말처럼 펼쳐진 인간의 변화를 보여주고 있다. 〈청

량리 역 시계탑〉은 '만남의 장소로' 'MT가던 곳, 한없이 기다려 주던 곳'이며, 격변적인 시대의 산물인 '최루탄 냄새'로 점철되어 있는 시대고의 아픔과 함께 한편으로는 '따스함과 초조함이 공존하'여 머물러 있는 곳이기도 하다. 또한 '비장하게 숨어들던 시간'에 '아찔한 계곡을 가로지르며 흔들리던 구름다리에서 기꺼이 손을 잡아주던 '남자와 다시 만난 곳'으로 낭만적이기도 하다. 그 '순수의 시절'을 지나 이제는 꿈과 낭만의 시대는 지나가고 '시간을 나르는 일을 쉬어 본 적 없'는 메마른 시대에 이르러 '광장 시계탑'은 ' 누군가를 기다리지 않는다는 걸' 알게 된다. 시대고로 인하여 인간들은 이미 모질고 메말라버렸음은 물론이요, 황폐하고 쓸쓸하다 못해 거칠어 버린 시간에 〈청량리역 시계탑〉만이 따뜻한 인정의 시절을 그리면서 '다만 파도에 실려 떠나간 남자를, 그때를 잊지 못하는 여자를 가끔 떠올릴 뿐'이다.

이 시에서 볼 수 있는 바와 같이 모든 인간이 일상생활을 영위하기 위하여 보편적으로 존재하는 욕구에 따라 형성되는 정서는 본능적으로 일반적인 수준에 이르게 마련이다. 이런 경우 정서의 보편적인 회귀(回歸)라 하겠다. 또한 인간 상호간의 교류에 따라 형성되어 있는 모든 속성들 사이에서 유발된 정서는 보편적 관계를 유지하면서 일상 생활 속에서 회자되는 가운데 하나의 정보 속에 자리하게 되며, 마침내 일반적인 정서가 개개인의 행동 기준과 원칙을 생성함으로써 새로운 정서를 낳게 한다. 인간의 보편적인 정서가 곧 개별적 정서의 생성 요인으로 작용하기 때문이다. 따라서 인간의 정서는 포말처럼 숱하게 생성되고 소멸되는 과정의 반복을 통하여 보편적이면서도 개별적으로 생성되는 요인을 가진다. 절망과 희망, 갈등과 화해로부터 인간적인 보편적 정서를 갈구하는 시대고의 아픔과 함께 방황하고 슬픔과 서러움을 인고할 수밖에 없던 한 젊은 시절이 <청량리역 시계탑>을 중심으로 인간 본연의 정서적 회귀 모습을 보여주고 있다.

> 나는 맥국의 왕이었다
> 저 무례한 무리들에게 쫓겨 험한 산등성이 몇 개씩 넘어
> 이름 모를 골짜기에 숨어들어 슬픈 성벽을 쌓고
> 다시 돌아갈 날을 기다리다 끝내 놓아버린 한 서린 생의 끈
> 먼 시간을 접고 나는 태기산 골짜기를 누비는
> 바람이 되었다
> 바람이 되어 깊고 차가운 시간에 기대
> 지나는 사람들의 무심한 이야기를 듣는다
> 용맹했던 왕과 충성스럽던 군사들 그리고
> 얼굴이 희던 다정한 왕비의 이야기를
> 나는 또 가끔 산자락 무너진 성벽 햇살 맑은 곳에 기대
> 산꾼들과 구름이 전해주는 세상 이야기를 듣고
> 산의 능선을 베고 누워 계절이 바뀌는 소리를 또 오래도록 듣고

묵은 시간들 켜켜이 쌓이는 소리를 공들여 듣는다
어느 날 나의 이야기 마침내 우주로 돌아가리
태기성이라 불렸던 빛나는 별 하나가
태기산자락 어디쯤 머물다
하늘로 돌아갔다는 소문을
누군가 묵은 시간들 켜켜이 쌓여 있는
어느 페이지에 공들여 기록하리

— 「태기산에 잠들다」 전문

태기산(泰岐山)은 강원도 횡성군 둔내면과 평창군 봉평면에
걸쳐 있는 높이 1,261m의 산으로 태백산맥의 한 줄기인 중앙
산맥(中央山脈)에 속하는 산이다. 이곳을 중심으로한 옛날의
맥(貊)이라는 나라를 떠올린다. 원래 맥은 예(濊)·한(韓)과 더
불어 우리 민족의 주된 구성체로서, 『시경(詩經)』『서경(書經)』
등을 보면 중국 주대(周代)에 주나라의 동북방에 거주하고 있
었다고 한다. 고구려의 남동쪽 예의 서쪽이 옛 맥의 땅인데 지
금 신라의 북쪽이 삭주(朔州: 지금의 강원도 춘천)이며, 선덕여
왕(善德女王) 6년(637)에 우수주(牛首州)로 삼아 군주(軍主)를
두었다"는 기록이 전하고 있거니와 이로부터 신라와의 갈등을
짐작할 수 있게 한다. 실제로 태기산은 신라에 망한 진한의 태
기왕(泰岐王)이 1.8km의 태기산성(泰岐山城)을 쌓고 패배를 만

회하기 위하여 항전하던 곳이라 하여 그 성터가 아직도 남아 있다고 한다.

이 시에서 화자는 맥국의 왕으로 존재한다. 그러나 '저 무례한 무리들(=신라군)에게 쫓겨/ 험한 산등성이 몇 개씩 넘어/ 이름 모를 골짜기에 숨어들어 슬픈 성벽을 쌓고/ 다시 돌아갈 날을 기다리다 끝내 놓아버린 한 서린 생'을 맞는다. 그러나 사라진 것이 아니다. 다만 꿈꾸어 온 '먼 시간을 접고' '태기산 골짜기를 누비는/ 바람'으로 되살아날 뿐이다.

'바람'은 무한의 자유를 가진 초월의 능력도 가지고 있다. 거칠 것이 없다. 그러나 패망국의 왕으로서는 바람이 되어도 '깊고 차가운 시간에 기대'어 살아갈 수밖에 없다. 이루지 못한 한으로 '지나는 사람들의 무심한 이야기를' 듣는다. '용맹했던 왕과 충성스럽던 군사들 그리고/ 얼굴이 희던 다정한 왕비의 이야기를' 듣는다. 못다 이룬 희망의 이야기를 지나간 일을 돌이켜 생각하게 된다. 끊임없이 밀려와 포말처럼 인출되어 나오는 기억 속의 수많은 정서에 묻혀 화자는 비록 '산자락 무너진 성벽'일망정 '햇살 맑은 곳에 기대/ 산꾼들과 구름이 전해주는 세상 이야기를 듣고' '바람'으로 '산의 능선을 베고 누워' 머물면서 '계절이 바뀌는 소리를 또 오래도록 듣'기도 한다. 모든 것이 지나가 버리고, 놓아버린 왕으로서의 '바람'으로 지난날들의 '묵은 시간들 켜켜이 쌓이는 소리를 공들여' 들으면서 못다 이룬 꿈을 그려보는 것이다.

①
청송아파트 담벼락에 아침 햇살 걸리면
노인들, 두런두런 좌판을 펼친다
정문 오른쪽 J은행은 오늘도 아침 일찍
꿈 빛 무지개를 문에 걸어 놓았다
건너편 희망약국의 진열대엔 활명수와 박카스가
막 사열을 끝낸 채 열을 맞추고 있다
온종일 방언들이 오가는 담벼락
물결처럼 흔들리던 시간들이 담벼락에
꼼꼼하게 기록되는 오후 4시
꼬깃꼬깃한 지폐들을 일렬로 세운 거친 손들이
하나둘 J은행의 무지개문을 밀고 있다

                    ─「꿈꾸는 담벼락」전문

②
눈물만 총량의 법칙이 있는 게 아니야
술도 총량의 법칙이 있지
술독에 빠져 살던 남편이 기어이 먼저 하늘로 떠나고
그 술맛이 하도 궁금해 조금씩 마신 술이 어느새
눈 속까지 차올라서 눈 속에 강 하나 들어앉았는데
차오르다 넘쳐 이젠 또 막무가내로 쏟아지려 해
조금씩 조금씩 쏟아내다 보니 술이 약해진 거라고

막걸리 한잔을 앞에 놓고 오래오래 들여다보며
혼잣말하던 여자는 밤이면
겨울밤 설해목처럼 울었다

— 「막걸리 총량의 법칙」 전문

③
너는
부서지는 안개 같아서
맨발로 땅을 구르기만 할 뿐
끝내 강을 건널 수는 없구나
봉순아
너는 아직 그 자리에 선 채
섬진강 푸른 물 안에 갇혀있느냐
간도 땅 마른 숲을 지나
서러운 강가에 서면
발 구르던 너
눈빛, 음성 쟁쟁하게 들려와
돌아서면
캄캄한 어둠
해란강엔 여윈 그리움 가득하구나

— 「해란강에서 —길상이의 노래」 전문

④

남해 금산 바위 속 암자에 앉아

푸른 새벽이 언덕을 올라오는 걸 보고 있네

안개가 새벽보다 더 푸른 옷자락을 끌며

함께 오르는 걸 보고 있네

관음보살을 부르며 꼬박 밤을 밝힌

정갈한 마음들이 푸른 새벽의 품에 안기네

도량석을 돌던 안개가 돌탑 속으로 사라지고

우리들 무릎에서 아득하게 종소리 들리네

눈빛 푸른 비구니가

남해 금산 보리암, 보광전 문턱을 사뿐히 넘고 있는데

남해 금산 푸른 바다에서

오래전에 떠나보낸 기별 하나가 돌아오고 있네

— 「보리암」 전문

　인간의 경험에서 심층에 축적된 기억은 거의 일생을 통하여 보존됨으로써 언제든지 필요에 따라 유출되어진다. 그리고 그 기억들은 정서 속에 충실하게 기호화되어 처리된다. 이러한 기호화는 곧 어의(語義)로 표출되기도 하며, 어의를 가진 심상(心象)으로 나타나기도 한다. 일상생활에서 이 어의와 심상이 기호화되어 쓰이는 기억의 사용 빈도를 보면 어의가 훨씬 많이 쓰이고 있음을 알 수 있다. 추상적인 개념이나 사전적인 정의는 심상으로 기호화되기가 자못 어렵기 때문이다.

그러나 시에 있어서의 심상은 감각기관을 통하여 재생되기 때문에 곧잘 경험의 인출에 의하여 쉽게 심상화 되어 나타난다. 예를 들어 '총량'이란 낱말의 심상화는 경험 속에서 축적되어진 모든 기억을 총동원하여 재생산함으로써 전체적 상황으로 그려지며, 다양한 육체적인 감각이나 마음속에서 생성되어 언어로 표출되는 이미지의 통합체를 이루면서 이미저리화 (imagery化)되기 때문이다. 이러한 이미저리화의 과정에서 끊임없이 밀려오는 경험의 팩트와 그로 인하여 생산된 이미지들이 한 편의 시에서는 포말처럼 계속적으로 부풀어 오르며 인출되어진다. 이 시집의 모든 시작품 전체의 4부 중에서 비교적 짧은 시를 한 편씩 골라 살펴보기로 한다.

먼저 ①「꿈꾸는 담벼락」을 살펴보면 하루의 삶을 여는 '아침 햇살 걸'릴 때부터 하루가 마감되는 '오후 4시'까지의 '담벼락'에 비친 삶의 모습이 그려져 있음을 엿볼 수 있다. '청송 아파트 담벼락에 아침 햇살 걸리면' '좌판'이 펼쳐지고, '오른쪽 J은행'이 '꿈 빛 무지개'를 걸어놓고, '약국'도 '희망'의 하루를 연다. 마치 한 폭의 골목 풍경을 그려놓은 듯하다. 그러한 각양각색의 삶의 모습들이 '온종일 방언들이 오가는' '물결처럼 흔들리던 시간들'로 '꼼꼼하게 기록'되어 있다. 그러한 결

과로 하루가 끝나는 '오후 4시' '꼬깃꼬깃한 지폐들을 일렬로
세운 거친 손들이/ 하나둘 J은행의 무지개문을 밀고 있'다. 그
렇게 하루의 생활은 모든 꿈들을 지켜보는 '담벼락'과 같은 기
억 안에서 이루어지고 있는 것이다.

②의 「막걸리 총량의 법칙」은 다분히 추상적이다. 그러므로
'막걸리'라는 구체적인 어의보다는 '총량의 법칙'이라는 추상
적인 개념부터 정의해보기로 한다. 이 말의 어의를 알아내기 위
해 프랑스의 화학자인 A.L. 라부아지에에 의해서 1774년에 발
견된 질량보존의 법칙부터 살펴본다. 화학 반응에서 반응물 전
체의 질량과 생성물 전체의 질량은 동일하다는 법칙이라는 것
이다. 이 법칙에 따르면 '막걸리'는 '막걸리 총량' 안에서 모
든 변화가 일어난다. 그러므로 화자는 '물만 총량의 법칙이 있
는 게 아니야/ 술도 총량의 법칙이 있지'라고 단언한다. 막걸리
'술독에 빠져' 남편은 죽고, 그 마음으로 술을 못 먹는 막걸리
를 마시다 보니 스스로도 막걸리에 빠져 '강 하나 들어앉'아
버리고 말았으니 '막걸리 한잔을 앞에 놓고 오래오래 들여다
보며/ 혼잣말하던 여자는 밤이면/ 겨울밤 설해목처럼 울었다'
는 비극적인 '막걸리의 총량' 속에 갇혀버린 모습을 보여주고
있다. '막걸리'의 총량 속에서 점점 변화되어 마침내 '설해목
(雪害木)'과 같은 기억으로 재생되어 있다.

'길상이의 노래'라는 부재가 붙어 있는 ③의 「해란강에서」는 '해란강'이라는 넘을 수 없는 공간을 사이에 두고 이루어진 이별과 그리움을 노래한 작품이다. 그 그리움의 모습이 강으로 가로막힌 안타까움으로 인하여 '맨발로 땅을 구르기만 할 뿐'이며 '아직 그 자리에 선 채/ 섬진강 푸른 물 안에 갇혀있느냐'는 외침에도 불구하고 '발 구르던 너/ 눈빛, 음성 쟁쟁하게 들려와/ 돌아서면/ 캄캄한 어둠' 속에 갇혀 그리워하는 안타까운 모습을 절로 그려준다. 이별의 아픔과 만나지 못하여 한이 된 안타까움이 절절히 연속된 심상으로 그려져 있다.

끝으로 구체적 심상을 소재로 한 ④의 「보리암」이란 작품을 살펴보자. 이 시작품은 모두 시각적 심상으로 정서를 표출해놓고 있다. 모든 심상이 '~네'라는 어미의 처리로 문장을 종결하면서 마치 한 폭의 그림을 보여주듯 묘사해놓고 있음을 볼 수 있다. 특히 '푸른 새벽 · 안개 · 정갈한 마음 · 새벽의 품 · 무릎에서의 종소리 · 눈빛 푸른 비구니' 등의 추상적인 심상들이 '남해 금산 푸른 바다에서/ 오래전에 떠나보낸 기별 하나'로 추상적 심상으로 귀결된다. 이 시작품에서 한 편의 시작품이 보여주는 모든 심상이 어떻게 하여 기억 속에서 새롭게 재생되어 인출되어지는가를 일별해볼 수 있는 것이다.

3.

경험에 의한 기억은 때때로 소멸되고 만다. 이른바 망각이 그것이다. 그러나 일상의 생활이 바로 곧 경험 그 자체요, 그 경험에서 기억은 끊임없이 이어져 축적되어지고 있거니와 기억에 있어서의 완전한 소멸은 있을 수 없다. 그러한 기억 속에서 시인은 시를 인출해낸다. 연속된 기억의 축적 속에서 재생산해 낸 창조물이 한 편의 시작품이다. 이때에 시인은 찰나의 머무름 없이 이어져 나오는 경험 속의 기억을 더듬어 간다. 그러므로 경험은 부단(不斷)의 기억에서 생산과 소멸을 거듭하는 가운데 부풀어 오르는 포말에 휩싸일 수밖에 없다. 좀처럼 소멸되지 않는 포말 속에서 찬란한 무지개를 발견해낸다. 자세히 살펴보라. 거칠게 부풀어 오르는 거품(=포말泡沫) 속을 가만히 들여다보면 언뜻언뜻 보이는 무지개를 발견해낼 수 있지 아니한가. 모든 경험이 시를 이루는 경험이 되는 것이 아니라 포말 속에 찰나로 나투어 엿보이는 무지개야말로 한 편을 시를 이끌어낸다.

유금숙은 '세상으로 향하는 모든 길을 닫고/ 벽 안에 갇힌 밤/ 부유하던 생각들이 방황을 내려놓고 누'(「먼밤」 중에서) 워 있는 자신을 발견하기도 한다. '시월 푸르디푸른 하늘에/ 아이의 발자국이/ 지그재그로 길을 내고 있'는 '아이의 어깨에'(「우주」 중에서)서 '우주'를 이끌어내기도 하고, '한평생 수평선과 눈을 맞추던/ 늙은 어부'가 '뱃전에 기댄 채 깊은 눈빛으로/ 손바닥을 들여다보며 청춘을 되새김질하고 있'(「늙은 배」 중에서)는 것을 바라보며 스스로 시적 정서의 확산을 도모하고 있다. 또한 '떨어져 나간 문짝에 매달려 문풍지 외롭게 우는 밤/ 흰 눈이 사무치도록 내리는 걸 보니/ 오늘 밤 그 집 또 폭설에 갇히겠'(「빈집 · 2」 중에서)다는 예지, '위태로운 한 생이/ 거미줄 위의 세상을 조율하고 있다'(「인도 일기 · 4 —영불탑 아래서」 중에서)는 삶에의 관조, 그리고 '더 이상 뱉어낼 울음이 없는 뻐꾸기가 마침내/ 벽 속을 탈출해 숲으로 날아가고 있'(「보물찾기」 중에서)다는 자유에의 의지는 유금숙의 작품세계를 가일층 돋보이게 한다.

이러한 의미에서 유금숙의 시집 『해변의 식사』는 축적된 경험이 끊임없이 밀려오는 포말 속의 무지개로 이룩해낸 아름다운 삶, 그 명확한 인출의 결과물이라고 하겠다. 전기 충격처럼 어떠한 장애를 받지 아니하고 오래오래 갈무리된 경험이 유금숙에게서 새로운 삶의 의미로 체계화되고 있음은 시단의 새로운 빛으로 돋보이게 될 것이라는 기대를 포말처럼 부풀게 한다.

시와소금 시인선 096

해변의 식사

ⓒ유금숙, 2019. printed in Seoul, Korea

초판 1쇄 인쇄 2019년 07월 05일
초판 1쇄 발행 2019년 07월 10일
지은이 유금숙
펴낸이 임세한
디자인 유재미 정지은

펴낸곳 시와소금
출판등록 2014년 1월 28일 제424호
발행처 강원 춘천시 충혼길20번길 4, 1층 (우-24436)
편집실 서울시 중구 퇴계로50길 43-7 (우-04618)
팩스겸용 (033)251-1195 / 휴대폰 010-5211-1195
이메일 sisogum@hanmail.net
ISBN 979-11-86550-91-5   03810

값 10,000원

강원문화재단
Gangwon Art & Culture Foundation

* 이 시집은 2019년 강원도 강원문화재단 문예진흥기금으로 발간하였습니다.